KB183326

흘러가는 기쁨

흘러가는 기쁨

김용만 지음

목차

겨

울

봄소식

이른 아침

뒤안 참나무 숲에서 산비둘기 설핏 운다.

새가 울었으니 이제 봄이다.

나는 설핏이란 말이 좋다.

부고

무너진 밭담을 손봤다.

연사흘 시인들 부고가 뜬다.

그들은 평생 원하는 곳을 찾아간 걸까,

쓸쓸한 혹은 그리운.

든 돌멩이가 무겁다.

진흙이 자꾸 장화에 달라붙는다.

떠나는 발걸음이 가벼워야 할 텐데.

연장을 챙겼다.

마을은 텅 비었고

말 한마디 없이 하루를 보냈다.

결국은 혼자인 것을.

이제 나도 사는 게 지우는 일이 되었다.

봄이 오기는 오는 건지

정초부터 일일 달력 하나 제때 못 넘긴다.
오늘도 두 장 함께 넘긴다.

세월이 빠른 건지 게으른 건지.

마당 벚나무에 딱새 와 앉고

앞산 어디 산비둘기 운다.

이제 꽃 피는 봄도 왈칵 안 반갑다.

마당 꽃밭을 텃밭으로 바꾸는 돌담 작업이다.

퇴직할 아내 선물이다.

새해에는 좀 무겁게 살기로 한다.

가벼움은 바람의 일이다.

눈이 왔다.

하루가 지나도

사람 발자국 하나 없다.

길 따라 떠나버린 것들이 너무 많다.

사람은 길을 잃고

길은 사람을 잃었다.

나도 코를 골겠다

오늘도 어제처럼 돌을 쌓고

두 리어카 흙을 파다

화단에 넣었다.

먼 거리지만 좋아할 꽃을 생각하니

하나도 안 힘들었다.

찬 겨울이지만 땀이 났다.

바람도 시원하고 기분도 좋았다.

바짓가랑이 털고

연장 챙겨 뒤돌아보니

기운 화단이 수평이 되었다.

오늘 밤부터 꽃도 나무도

잠자리 편하겠다.

허리 곧게 펴겠다.

나도 코를 골겠다.

살짝 눈이 내렸다

햇살이 온다.

산을 내려

나뭇가지들이 빛을 낸다.

잔잔히 흔들리며

아침, 이 평화롭고 고요한 산중.

새가 온다.

나뭇가지 건너며, 뛰어내리며

사뿐, 다치지도 않는다.

햇살보다 가볍기 때문일까.

바람의 뜻을 알기 때문일까.

나도 몸을 비워야지.

돌담 위에서

감나무에서 뛰어내려도

다치지 않게.

살짝 눈이 내렸다,

금세 지워버리기 위해.

산그늘

산그늘 길어지고
내 그리움도 깊어지나니
어디쯤 오냐고
묻지 않겠다.
언제까지 설렐 수 있으므로.

산중 사는 일은

눈과 귀로 하루 산다.

입은 그리 중요치 않다.

눈과 귀를 위해 먹을 뿐이다.

외로움에 익숙하기에

외롭지 않으면 외롭다.

떠난 이들은 살 만해야

고향을 잊는 법이다.

주막집 지붕을 타 내린

차가운 빗물 보며 고향 떠올릴까.

저 언 감빛 같은 슬픈 눈시울

지붕을 타고 내린 빗물이

발밑을 파놓았다.

입동 무렵

길 끝에 다시 물음을 두기 위해

나는 걸었다.

손수레

오늘은 새해 첫날.

뒷산에 올라 두 수레 부엽토를 실어다

꽃밭에 넣고

한 그루 매화나무를 전지했다.

응달에 남은 잔설 위

그 흔한 짐승 발자국 하나 없다.

토끼 없는 토끼해다.

이 나라 야산에 사람들 가슴에

이미 지워진 이름이다.

저그 땅 그 순한 짐승 한 마리

지키지 못한 것들이

달나라 별나라 가면 뭐 하냐,

이제 신나게 쫓던 담박질도 없다.

죄 없이 늘상 쫓기기만 했던

네 작은 발자국 하나 그리며

손수레 밀고 갈 뿐.

나의 모든 이들에게 고요를.

세상 모든 생명에게

평화를.

달아,

오늘 밤은 일찍 왔구나.

손이 얼음장이다.

종일 굶었나,

배가 훌쭉하다.

어여 들어가

밥 묵자.

날이 찹다.

봄을 기다리는 건

나비는 작지만 자유로운 영혼이다.

내가 봄을 기다리는 건

꽃을 기다리는 것이 아니라

봄꽃을 보며 설레는 너의 환한 얼굴이

보고 싶어서다.

돌은 어제보다

선돌마을 밭둑에 나가

돌멩이를 한 리어카 끌고 왔다.

돌은 어제보다 오늘 좀 변했을까.

오늘보다 내일은 더 변할까.

이런 생각이 왜 떠오를까.

담 위에 가지런히 얹는다.

꽃 한 송이

가슴에 꽃 한 송이 품고 있지 않으니

세상이 늘 개판이다.

눈

바람도 없이
눈이 내렸다.
종일 내려 쌓였다.
올 사람도
떠날 사람도 없는
길을 묻었다.
차라리 잘 되었다.
너에게 가는 길도
착한 새가 나는 길도
어차피 자욱한 허공이므로.

햇살

겨울 햇살, 간절함으로 오는 아침이 눈부시다.

오늘은 뒤란 밭 돌을 주워야겠다.

묵직한 돌 무게는 늘 나를 설레게 한다.

마당에 서서

산을 내리는 햇살을 기다리고 있다.

날마다 던지고 거둬가는,

투망질 같은,

나는 이제 산그늘 따라간다.

질 것 다 졌다.

감출 것도 없다.

얼마나 개운한가.

환한 삶인가.

나무, 더 이상 쪼들리고 흔들릴 일 없다.

겨울 햇살에 잠겼다.

가끔 눈부셔 눈 뜨다

다시 눈 감으면 하루,

오후 두 시 반은 나른하다.

젖은 잎들 뒤척일 새도 없이

다시 산그늘 내린다.

끝내 서서 죽어갈지라도

산중에서 사는 일은

하늘이 중심이다.

너는, 곱게 내릴 첫눈 위해 가슴 한 켠

내어준 적 있었더냐.

가

을

새벽에 일어나 아침을 기다리는 시간이 좋다.

어둠 속 뒤란 숲이 차차 드러나고

창문이 번해지는 등 따뜻한 시간.

이 고요와 안온함에 늘 빠진다.

밝음은 어둠에게

어둠은 밝음에게

양보하며 하루를 마치고 시작한다.

눈은 하얗지만

감은 붉다.

아직도 누군가

애타게 기다리고 있기 때문이다.

나는 어제보다 더 걸었다.

산책길에 낙엽이

몇 바퀴 구르며

바스락 소리를 냈다.

가볍게 구르다 사라지는

내 생도 아마 저러리라 생각했다.

잠시 걷는 길이 엄숙해졌다.

홍시

창밖 종일 그만큼씩 비 내린다.

촉촉이 젖은 산천.

감쪽같이 맑은 사람 그립다.

그리움

마당 동백이 꽃잎을 물었다.

추운 곳이라 걱정했는데

여나무 개나 물었다.

신통하고 방통해 내복 입혀줬다.

동백이 피면

동백이 피면

그대 오겠네.

저 낮은 돌담길 따라.

창밖

뒤란 참나무 숲이 훤하다.

열사흘 달은 밝고

산중은 적막하다.

새벽인가 했더니 한밤중이다.

달빛이 깨웠나 보다.

비워버린 그래서 차라리 홀가분한

산 아래 긴긴밤이 푸르다.

달빛만 가득하다.

아무나 오렴.

학동마을 당산나무까지

푸른 달빛 끌며 걷자.

살짝 너의 어깨에

그림자를 숨기며.

산그늘 내리면

산그늘 내리면 산중은 금세 어두워지고 추웠다.
앞산 어디에 부엉이 울었다.
부엉이 울음은 언제나 깊고 아득했다.
울먹임 같은 그러나 다짐 같은,

하루 일을 정리하다 우는 곳을 가늠하며
할 일 마친 빗자루처럼 서 있었다.

분명하지만 분명하지 않게 울었다.
잊을 만하면 다시 울었다.

진심을 다해 길고 낮게 울다 달 뜨기 전 떠났다.
산 그림자 진 적막한 산 아래, 그래도 그리움을
아는 사람은 다 듣는다.

안개는 나를 감추지 않는다.

산을 감추고

집을 감추고

너는 감추지만

안개는 나를 감추지 않는다.

깊은 산속 혼자 걷더라도 똑바로 걸으라는 뜻이다.

어느 인생인들 과오가 없겠느냐.

돌이킬 수 없는 잘못 있기에

내일이 있는 것이다.

풀씨 하나의 커끄러움이

나를 눈뜨게 한다.

소양이의 가을 　　10월 27일

나는 배추벌레 잡고

소양인 꽃구경한다.

우린 한집에 살지만 해야 할 일은 서로 다르다.

자기 일에 성심을 다하면

하등 불만이 없다.

만추

적막한 산 아래

가을이 익는다.

조금 외롭게, 고요하고 쓸쓸하게.

주말에 아내가 와 감 깎았다.

처음 해보는 일이지만

곧 익숙하게 잘 깎았다.

혼자 하던 일이 둘이 하니 두 배다.

두 상자도 넘는 감을 이내 깎았다.

작은 채에 매단 감이 숯불 같다.

고마워 소양이랑 산에 가

산국 꺾어 아내에게 주었다.

산국 같은 내 아내.

향은 또 어떻고.

도토리

산길 걸었다.

적막한 길 위에

도토리가 나뭇잎을 때리며

떨어졌다.

얼마나 놀랄 일인가.

걷다가

걷다가

너 이쁘구나

하다

또 걸었다.

날씨는 왜 이렇게 대책 없이

눈부신 거야,

나 보고 어쩌라고.

하늘 깊은 거야,

어디에도

그리운

내 마음 감출 수 없게.

아침 풍경

빨래 널어놓고 앉았다.

벌써 물 묻은 손끝이 시리다.

풀잎 위 이슬이 밤새 떨어진 별빛 같다.

마을 초입 작은할아버지 불 지폈나,

화목난로 연기 곧다.

산 그늘 속 숯불 같은 감들이

따뜻하고 평화롭다.

멀리 개 짖는 소리 산에 가 닿는다.

산을 넘지 않은 이 가난.

오늘 작은할아버지 아랫목이

종일 따뜻하겠다.

감잎 편지

뒤란 감나무가 보낸 편지 읽는다.

가을엔 아픔도 외로움도 무늬가 된다.

그리움이 깊을수록 더 곱다.

네 아픔도 상처도 저와 같기를,

곱게 물들기를.

시월까지 왔다.

이제 너의 멱살을 놓아주마.

나는 죄 없는 풀포기나 쥐어뜯으며 시월까지 왔다.

감잎이 자꾸 돌담 위에 쌓인다.

상처 많은 잎이 더 곱다.

노을 없는 산중

남쪽으로 기운 해가 일찍 졌다.

이제 호미를 내려놓으마.

산에 갔다.
길가에 상수리 도토리가
이쁘게 빠져 있다.
언제 내 삶도, 시도 야물게 여물어
저리 쏘옥 빠질거나.

꽃씨

여름내 모은 채송화 씨앗이다.

꽃씨 중에 가장 작다.

그래도 씨앗 안에 들어 있을 것 다 들어 있다.

햇살도 바람도 땀도 눈물도

이 모든 것 몽땅 합쳐

꽃씨 하나에 일 원씩만 받으면 부자 될 것 같다.

티 하나 없는 가을 하늘이다.

속이 훤히 들여다보이는 저 하늘.

내 죄가 다 보인다.

산그늘 내리도록 앞산

오래 바라본 죄

마구 풀 뽑은 죄

산 너머 잊고 산 죄.

며칠 내리던 비도 그쳤다.

아침 햇살이 구름 사이 난다.

뒤안

탱자나무

울타리

곧 호랑나비 내려오겠지.

오랜만에 호미 들고

나도 환하게 웃어야지.

산 아래

호랑나비랑 함께 사니

좋다.

흰 작은 나비

지그재그 서로 쫓고 쫓긴다.

정신없이 오른다.

전봇대보다 높이 올랐다.

무서우면 사랑 아니다.

사랑하면 겁도 없다.

나도 저런 때 있었나.

마당 나무 밑에 쪼그리고 앉아

정신 놓았다.

하늘 참 몸썰나게 푸르다.

햇살 좋은 가을이다.

바람이 낮은 담을 넘어

꽃가지를 흔들며 온다.

바람아 어딜 벌써 가느냐,

뒤란 탱자나무 울타리에

호랑나비 날고

앞산 어디 산비둘기 운다.

봄부터 울던 울음 아직 남았더냐.

마당가 훌쩍 자란 맨드라미 붉다.

그리 울다 한 해 가겠다.

마당 잔디 위 산그늘 넓혀 앉는다.

표 나지 않는 저 흔적

맑은 날일수록 짙다.

평화는 자연이라고,

산은 말하지 않는 게 아니라 침묵하는 것이다.

오늘 밤은 산 위 별도 춥겠다.

새벽에 깨어

곤히 잠든 소양이에게

이불 끝을 당겨주었다.

밤

빨래 널고

고추 널고

오늘도 덥기 전에 밤나무 밑에 갔다.

벌겋게 쏟아진 밤.

가슴 뛰었다.

이리 고운 밤 내려놓고

혹시나 떠난 이들 기다리고 있었나.

자연은 위대하고 참으로 고귀하다.

다람쥐 멧돼지 다녀갔고

촌에 살면 나도 짐승이다.

한나절 행복했다.

행복은 집중이다.

서울 누구는 부러워 오늘 엄청 씩씩거리겠다.

여

름

산중 초가을 비 내린다.

풀도 나무도 촉촉이 젖는다.

게으른 놈 잠자기 좋게

부지런한 놈 글쓰기 좋게.

난 이런 날이면 매번 잠부터 잔다.

꽃도 한 계절을 넘지 못한다.

이른 아침 나는 꽃씨를 따고

소양이 옆에 와 앉는다.

산중 평화로운 이 시간

나는 질로 좋다.

더 이상 무엇을 바랄 것인가,

마당 가득 햇살인데.

꽃씨 한 줌 쥐었는데.

사랑

뒤란 꽃들이 붉다.
자꾸 뒤꿈치를 들어
방 안을 넘어 본다.
내가 너에게
네가 나에게
궁금한 것
그리하여 마주 보는 것.
분명 사랑이다.

다시 오늘이듯 월요일이다.

이웃 마을 산책 다녀왔다.

벌써 벼 이삭이 솟았다.

이제 풀들은 힘을 잃고

가을 곡석들은 속을 채울 때다.

뒤란 봉숭아 꽃잎은 더욱 붉고

아침저녁으로 선선하다.

아들 내외 와 작은 채에 잔다.

일 년에 한두 번밖에 볼 수 없는 세상이다.

뒤란 밭에 나가 호박, 가지, 고추, 부추 뜯어와

아침 대신 전 부쳐주려 준비해 놓고

일어나길 기다리는 중이다.

소양이는 코를 박고 엎드려 깊은 생각 중이다.

벌써 벌들 날아와 꽃잎 사이 부지런히 난다.

움직이지 않고

어찌 단 꿀을 얻겠는가.

저 마당 떠날 것 떠나고 곧 쓸쓸해지겠지.

사람들은 떠나도

바람은 다시 불어오고,

꽃 중의 꽃

꽃, 이쁘지만

꽃, 바라보는 네가 더 이쁘다.

새야

간밤에 비 지나갔나,

채송화 곱게 피고 맑은 햇살 내린다.

잠자리 떼 벌써 오고

벌과 나비 난다.

산을 가린 안개 비껴간다.

풀 한 포기 건드리지 않는, 고요.

평화로운 아침이다.

너는 어디서 아침을 맞느냐,

아침은 먹었느냐,

오지 않는 새야.

사잇돌처럼

장마로 무너진 돌담을 쌓았다.
큰 돌은 밑에 깔고
작은 돌은 위에 놓고
돌과 돌 사이
빈 곳은 사잇돌 끼워
서로 어깨 걸어주었다.
돌들이 무게를 나눠
우뚝 일어섰다.

세상사 그렇다.
모난 사람 잘난 사람
맞물려야 짱짱하다.
저 돌과 돌 사이
작은 돌 하나
가지런한 돌담 지킨다.

사람만이 사람 곁을 떠난다

이웃 마을까지 걸었다. 당산나무 돌아 마을은 텅
비었고 키 큰 옥수숫대 사이로 참새들이 날았다.

서툰 몸짓들, 분명 새끼들을 데리고 나온 어미일
것이다.

참새들은 마을을 떠나지 않는다.
함께 날고 함께 쫓겨도 사람 곁에 머문다.

그물처럼 내려앉는 저 가난하고 가벼운 삶들,

사람만이 사람 곁을 떠난다.

먼 곳이 그리운 만큼
개망초꽃 흰 강길 따라 더 걸었다.

내 갈 길은 다시 외로움이다

광복절이다.

새벽에 일어나 책상에 앉는다.

창밖 어둠 속

새벽에 느끼는 신선함이다.

어떤 소리도 없는

이 깊은 고요와 적막.

또랑 물소리만 더욱 쟁쟁하다.

초저녁에 올려다본

몇 개 별이 보고 싶어

마당에 나섰지만

그믐달만 중천 구름에 희미하다.

마당 가득 풀벌레 우는

이 적막한 아름다움,

외로움을 난 사랑한다.

아내 곤히 잠든 밤

내 갈 길은 다시 외로움이다.

태풍

동산에 팔월 열이틀 달이 밝다.

아무리 거센 바람이라도

하늘, 별과 달은 남겨두었다.

다시

햇살이 오고 나뭇잎은 살랑인다.

새들과 나비를 불러 평온해진다.

다 자연의 일이었고

죄지은 인간들만 아프다.

마구

땅, 파헤친 죄

너무 크다.

참새

비바람 떠난 아침

참새 두 마리 마당에 왔다 갔다.

종종거리다 떠나는

저 흔적 없는 가벼움.

내가 오늘 살 일이다.

참나무 숲 울음소리 8월 7일

비 그친 흐린 날은 저녁이 빨리 온다.

적막한 산 아래 부엉이가 울었다.

잊을 만하면 또 울었다.

뒤란 참나무 숲 울음소리가 배어 있다.

산이 안개를 벗는다.

적당한 어둠 속

새 떠난 나무

촉촉이 잠들어 가고,

고추

해 뜨기 전 뒤란 밭에 갔다.

고추가 병 하나 없이

덥다는 말 한마디 없이

이쁘게 익고 있었다.

어찌나 고맙던지

절을 두 번도 더 했다.

오늘 난 덥다는 말

안 하기로 다짐했다.

땅에 뿌리내린 것들은 묵묵히 산다.

뿌리 없는 인간들만 떠든다.

꽃   8월 1일

움켜쥔 주먹을

폈을 때

꽃, 핀다.

새

7월 31일

밤새 비가 내렸다.

오늘 아침에는

새도 오지 않았다.

담 너머 젖은 감나무에

눈이 자꾸 간다.

긴 장마에 풋감만

자꾸 떨어져 깨졌다.

집은 새지 않는지

먹을 것은 있는지

인간들처럼 쌓아놓고

좀 살지.

금방 그칠 비도 아닌데.

봉선화 7월 29일

뒤안 돌담 밑

봉선화꽃 선연하다.

긴 장마 털고 붉은 꽃 피웠다.

삶은 이겨내는 것이 아니라

버텨내는 것인지 모른다.

내 꿈은

여름 배추 심었다.

내 꿈은 가을이다.

깨 몽땅 뿌렸다.

장마 끝이라 채소가 귀하다.

작은 배추 한 포기 오천 원

열무 한 단 육천 원

그래도 비싸다고 안 한다.

왜냐하면 난 농부의 자식이고

땅의 진심을 사랑하기 때문이다.

아무리 비싸도 커피 한 잔 값도 안 된다.

땀 흘려 정성껏 담았다.

소박한 삶이 나를 살찌울 것이다.

세찬 빗속에도

채송화, 꽃잎만은 놓지 않았다.

약하지만

지독한 게 꽃이다.

잔뜩 흐리다.

채송화 어제보다 오늘 더 붉고

마당에 참새 한 마리 일찍 놀다 갔다.

가뿐하게 왔다 가뿐하게 떠나는 가난이 부럽다.

오늘 하루 난 이것으로 족하다.

삶은 의미를 찾아가는 것이 아니라

지워가는 것인지 모른다.

세우

지붕에 고인 빗물 하나 뚝 떨어지는 아침이다.

산 아래 앉아 빗물 둘 기다리는 적막한 고요.

세상에나 이따금, 이란 말이 있었던가.

빗물 떨어진다.

이

따

금,

장마에 쓰러진 꽃들이

스스로 몸을 일으켜 세운다.

다시 뜨겁게 살아야 할 칠월이다.

한 송이 꽃 앞에 나는 아직 멀었다.

욕심이 과하면 꽃은 꺾인다

꽃 키우는 데 가장 조심해야 할 일은

웃자람이다. 더구나 키 큰 꽃에는 치명적이다.

이는 사람에게도 해당될 것이다.

과잉보호, 모자람이 넘치는 것보다 낫다.

이쁜 자식에게는 떡 하나 덜 줘라.

그래야 꽃도 이쁘고

평생 걸어야 할 하체에 힘이 붙는다.

장마가 시작이다.

저 꽃도 위험하다.

꽃에게는 빗물도 무겁다.

네 마음속 산도 하늘도 한 번 품어보거라.

외로운 산중

산그늘 진 가지런한 어둠까지도.

꿈

나는 커서 요런 시를 써야지.

유월,

눈부신 이 아침을 너에게 보내마.

묵정밭 일기

새벽에 나가 어제 만든 밭두둑에

비닐 덮고 서리태 심고 왔다.

먼저 심은 서리태는 새싹이 나온다.

밀짚모자를 타고 내린 땀방울이 콩 위에 떨어졌다.

아침 햇살도 한 줌 따라 눕는다.

나는 마늘밭을 지나 출근하고

마늘밭을 지나 퇴근한다.

새소리 들으며

호미 하나 들고.

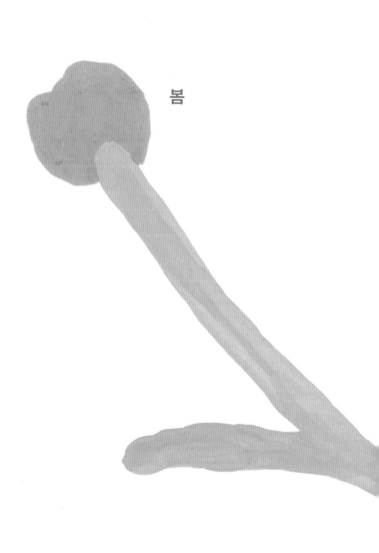

봄

풀잎

날 밝기 무섭게 밭에 갔다.

땅콩 밑이 촉촉이 젖어 있다.

밤새 내린 이슬이 뿌리를 적셨다.

밭 가상 옥수숫대처럼 잠시 서서

내 발밑도 따라 젖는다.

풀잎은 이슬 한 방울도 버리지 않았다.

눈물 아닌 생이 어디 있을까.

우린 언제쯤 고요해질까요

비 옵니다.

새벽 빗소리 듣습니다.

어둡지만 잘 찾아옵니다.

우리 집에 내리면 제 손님입니다.

지붕에 돌담 위에 나뭇가지에 그 소리

모두 다릅니다.

그래서 재미있습니다.

사는 게 재미있어야지요,

제 소릴 품어야지요.

시원한 밤공기가 좋습니다.

주말에 온 아내도 빗소리처럼 새근새근 잡니다.

적막한 밤이기에 그 곤한 소리

가슴에 닿습니다.

고요는 귀한 소리를 듣게 합니다.

우린 언제쯤 고요해질까요.

초저녁 비 내리더니

새벽 달빛, 별빛 초롱하다.

요즘 일기 예보는 시간까지 맞힌다.

과학은 편리하지만 무섭다.

귀신같다.

날 밝기 기다려 묵정밭에 나가 멀칭을 해야겠다.

종일 감꽃이 떨어졌다

선생님이 돌아가셨다.

묵정밭을 파다 소식을 들었다.

나와는 특별한 인연이 없다.

인연이 없다고 슬픔도 없겠는가,

밭 가상 감나무 밑에 앉는다.

장갑을 벗은 손이 축축하다.

감꽃 하나 지면 감 하나 열린다.

살풋, 감꽃 떨어지는 소릴 들었다.

어디 꿩이 꿩꿩 울고

종일 감꽃이 진다.

햇살이 좋아 이불 널어놓고

호미 들었다.

마당 텃밭을 돌아

뒤란 밭과 꽃밭까지 한 바퀴 돈다.

풀들은 잔뜩 긴장하고

꽃들은 좋아라 한다.

너의 죽음으로 나는 꽃피나니.

등이 뜨겁다.

땅을 안고 사는 이는

가슴이 먼저 젖는다.

생은 어찌 보면 뽑아 쥔

한 줌 풀포기지만

뜯기지 않은 뿌리다.

앞산 밑 고라니가 캑캑거린다.

소양이가 짖는다.

그만 쓸란다.

6년 만에 처음 맥주 한 캔 했다.

주위는 적막하고 난 알딸딸하다.

적당히 어둡고 적당히 외롭다.

저 별빛 같은 동무 몇 놈 떠오르는 밤이다.

산그늘 지고 하루가 간다.

이제 집에 가자,

호미 들고 마늘밭 지나

나는 퇴근한다.

사는 게 단촐하니 참 좋다.

막막하지만

그래서 다시 나서야 하는 길이다.

햇살 좋은 아침이다.

너도 오늘 눈부시거라.

오늘 아침에도 비가 실실 내린다.

참으로 세상이 촉촉하다.

아파 걷지 못하던 소양이가

걸어서 내 방으로 들어온다.

아이고 소양아! 꼭 안아줬다.

나도 따숩고 소양이도 따숩다.

눈물 난다,

사랑에는 눈물이 반이다.

소양이랑 산길 걸었다.

아무 욕심 없이

깐닥깐닥 걸었다.

그러니까

발이 가볍고 기분이 좋았다.

욕심은 참 무겁고

기분 안 좋은 것인가 보다.

봄날

봄날은 좀 흔들려도 괜찮아.

다시 새벽입니다.

곤히 잠든 나무들 보며

어둠은 참 포근하구나 생각합니다.

별은 어둠 속에 있구요,

오늘은 산밑이 조용한 걸 보니

고라니는 새끼를 찾았나 봅니다.

적막한 산 아래

외롭다는 게 이런 행복입니다.

어디서 다시 소쩍새 웁니다.

핀 꽃들과 진 꽃들이

가지런한 세월 따라

나도 함께 어울려 갑니다.

산 아래 낮아지고 싶습니다.

아직은 서늘하지만 맨살이 좋습니다.

들어가 책 한 꼭지 읽어야겠습니다.

이 좋은 봄밤이므로.

산벚꽃 진다

산벚꽃 진다.

바람보다 가벼워

바람 없이 진다.

사는 게 꽃만 들고

있을 수는 없지 않은가.

어찌 나만 꽃이겠는가.

오는 것도

가는 것도 꽃으로 진다.

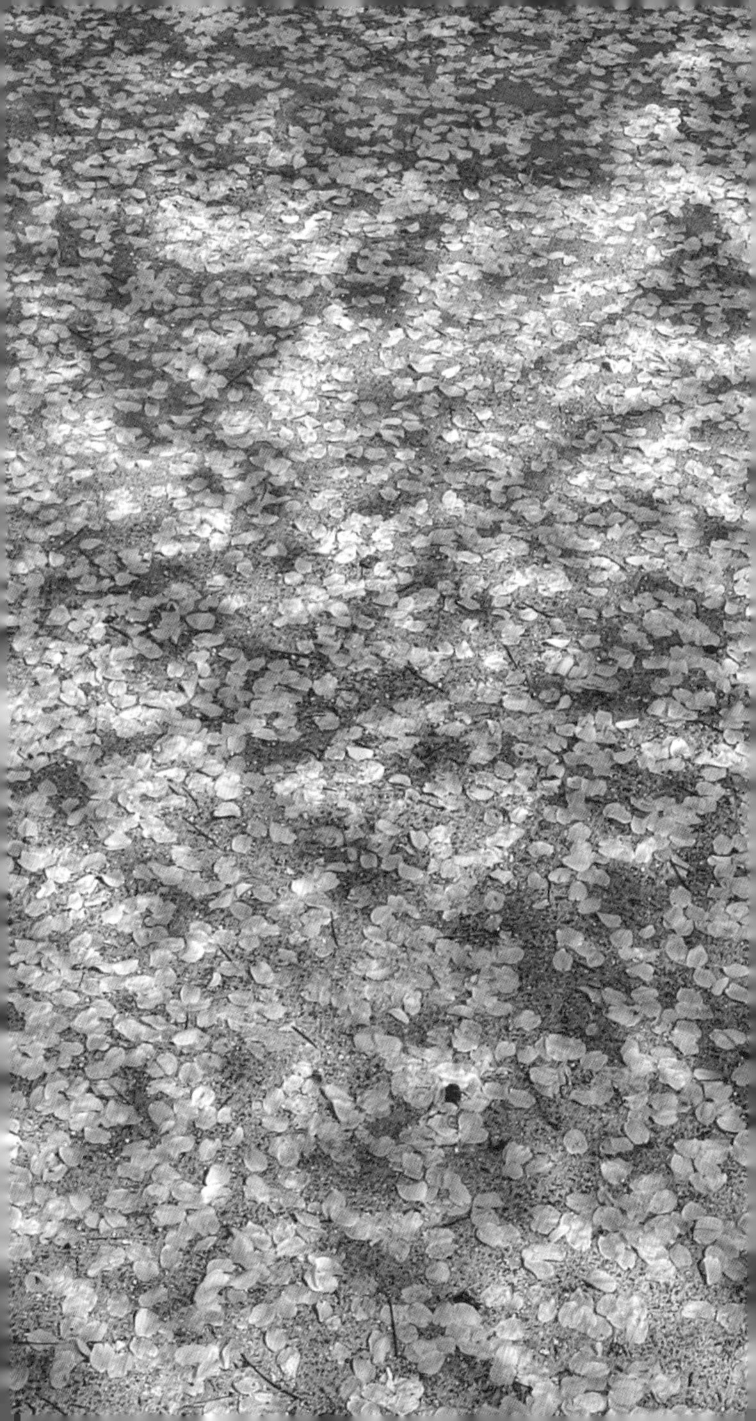

가랑비 내리는 어둠 속에서

소쩍새가 울었다.

날은 아직 차운데

깃은 아마 젖었을까.

가늠할 수 없는

속 깊은 울음에

문 열다 우뚝 선, 나는

오늘 밤만이라도 오래 시인이고 싶었다.

탱자씨를 심었더니

탱자나무 났다.

틀림없다.

사월

내 가슴팍에

가시 하나 옮겨 심는다.

너는 악착같이 살아

끝을 벼르라.

맞아도 좋을 비 내린다.

산도 나무도 땅도 젖는다.

적막하게 가라앉은 마을

어떤 소리도 움직임도 없다.

이것이 평화일까,

자작하게 젖는다.

새 집은 왜 지붕이 없을까.

하늘이 지붕일까.

뒤란

바람 없이도 흰 자두꽃 진다.

이쁘다고 꽃만 들고 있을 수 없잖은가.

내가 가야 그대 온다.

그래도 지는 건 슬프더라.

산벚나무

이 봄, 나는 너 하나만으로도 벅차다.

봄

이쪽도

산 너머

저쪽도

꽃 천지입니다.

참 무서운 봄입니다.

제가 졌습니다.

아구

어제 묵정밭 감자 심었는데 밤새 비 왔다.

요즘 하는 일마다 아구가 착착 맞는다.

내일은 아내도 긴 여행에서 돌아온다.

때맞춰 벚꽃도 피라 일렀다.

평화로운 마을에 내리는 햇살은 힘이 세다.

마당은 이제 푸른빛이고

담 너머 벚꽃은 눈부시다.

나뭇가지는 푸른 먹 듬뿍 묻혀

곧 저 허공을 마구 붓질할 것이다.

딱새들이 어디 집을 짓나

혼자 혹은 둘이 부산하다.

나도 연장을 챙겨야겠다.

슬픈 길

콩알만 한 달팽이가 흰 거품을 흘리며
길 건너다 그대로 죽어 있다.

집을 지고 살아야 하는 생은
얼마나 엄숙하고 고단한 일인가.

지나온 비틀거린 길이
내 지난 노동의 흔적처럼 아파
건너 풀숲에 가만 넣어주었다.

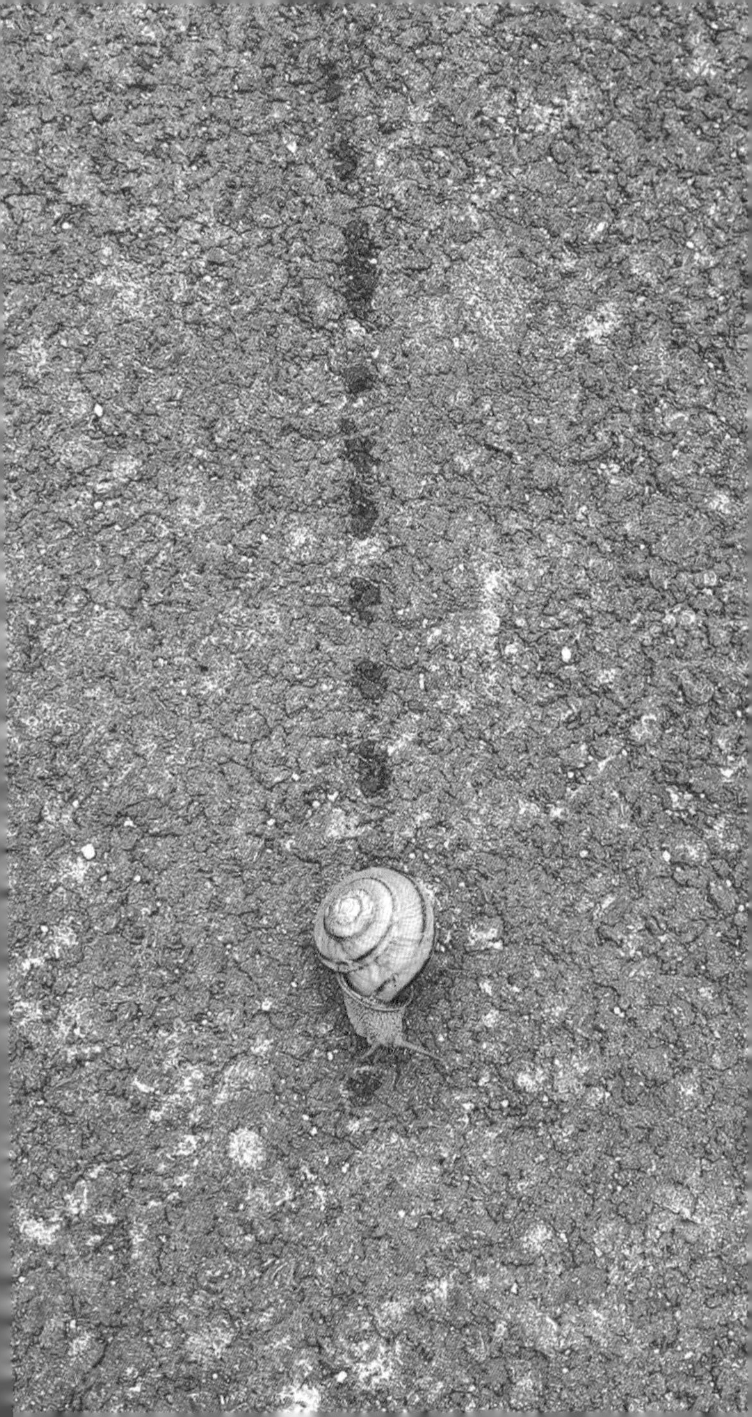

이쁜 돌담은 그저 이루어지는 게 아니다.

어제오늘 앞집

감나무 심는 밭에서

돌 주워다 씻는다.

씻고 보면 더 이쁘다.

꽃은 이쁘지만 바람에 날아간다.

돌은 무겁다.

바람에 날리지 않는다.

황금덩이 아니어서

못난 내 차지다.

봄꽃은 오래 피지 않는다.

다음 꽃을 위해서다.

긴 시간 기다림을 알기 때문이다.

그래서 더욱 아쉽고 간절하다.

싱싱한 것들은 머리가 아닌

몸에서 나오지.

바람이 불었다.

봄바람이 불었다.

꽃잎을 문 나무들이 흔들렸다.

꽃잎을 흘릴세라

입을 꼭 다물었다.

창가에 앉아

난 나무보다 더 흔들렸다.

실은 사람들이

나무보다 더 자주 흔들리고

바람 없이도 몸살 났다.

나무들은 아마 알고 있는 눈치였다.

소양이 데리고 산책하다 보면

마주 오던 차량이

건너 차선으로

널찍하게 비껴서 간다.

마음이 흐뭇하고

나는 고마워 고개 숙여 절한다.

고개 숙인다고 뭐 자존심

상한 일도 고개 아픈 일도 아니잖은가.

살아 있는 생명을 사랑하는 일 아닌가.

깐닥깐닥
오늘도 나는 나무에게로 간다.
나무, 아무리 비탈에 살아도
하늘을 중심에 둔다.

내가 산밑에 사는 것은
안 믿겠지만
산 너머를 넘지 않기 위해서다.
사심 없이 나라를 걱정한다는 게
실은 얼마나 어려운 일인가.
산길 걸으며 생각한다.

숲속, 어지러운 것 같지만
어지럽지 않다.
어느 곳에 살지라도 최선을 다한다.
살다 죽으면 산 나무에 기대
죽어 산 나무 살린다.

춘분

호박 구덩이 두 개, 오이 심을 곳 파놓고
밭 가상에서 아침 해를 맞는다.
생땅에 고이는 아침 햇살 뒤란 참나무 숲이
내려다보고 있다.
여기저기 아침을 기다리는,
먼저 가슴 뛰는 놈이 봄이다.

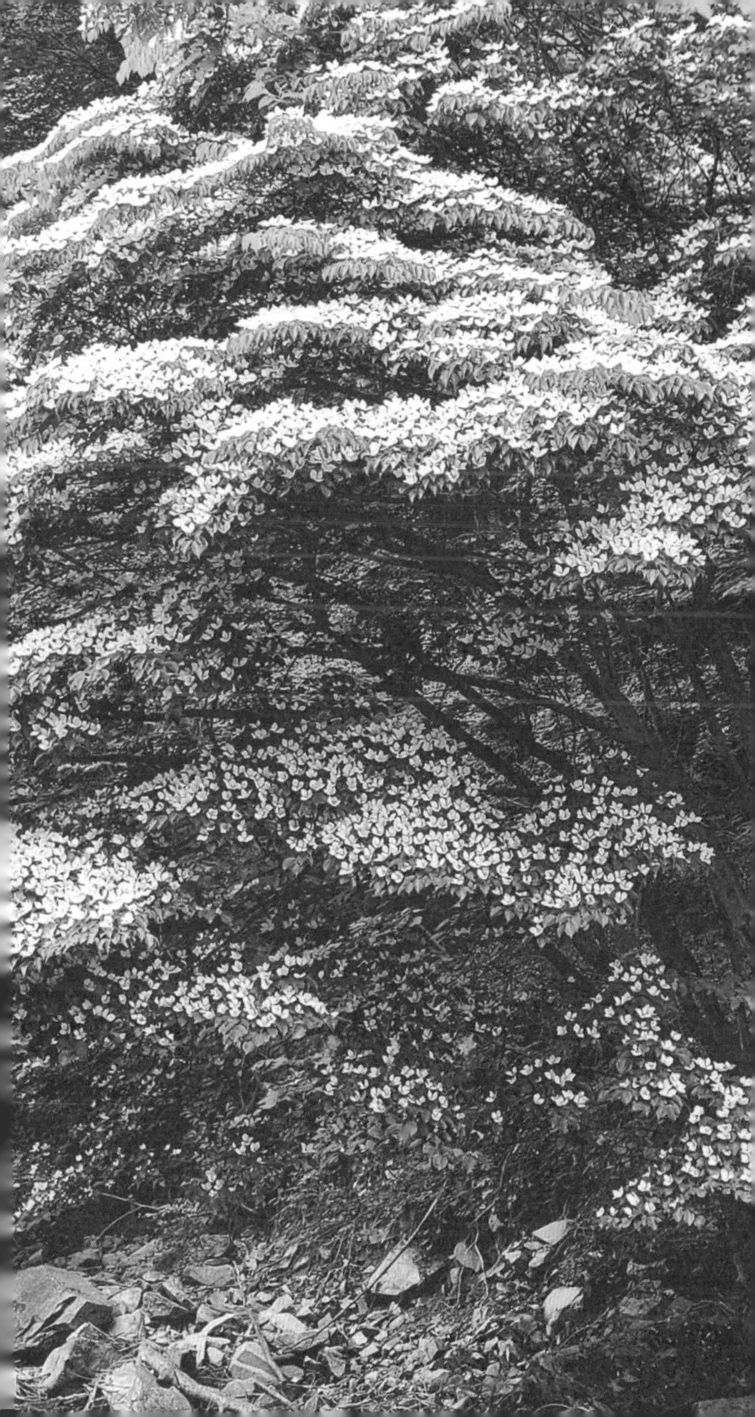

난 하루 두 번 산책을 한다.

오전에는 산길이고

오후는 마을 길을 돈다.

입석마을 지나 학동마을까지 걷는다.

한 시간 넘게 걸어도

사람들은 없다.

하루 두 번 다니는 버스에는

언제나 기사님 혼자다.

내가 고개를 먼저 숙인다.

괜히 미안하고 안쓰럽고 그런다.

정들어 이제는 맞절이다.

내가 무슨 짓을 하든

산이 다 보고 있다.

날은 맑고 따뜻했다.

창밖 나비 한 마리 팔랑거린다.

저 노랑나비 데려오기 위해

봄은 쉽게 길 나서지 못했었구나.

왜 늦었냐고 나무라지 말걸.

살다 보면 흘러내리는 법,

뒤란 밭에 올라 밭 가상을 정리한다.

돌을 줍고

무너진 밭담을 다시 쌓고

흙을 추스르며

잔돌 주워 담 위에 얹는다.

앞집 산수유꽃 노랗게 피고

산 아래 햇살 가득 눈부시다.

고랑에 쌓인 낙엽을 긁는다.

떨어져 구르는 신세지만

낙엽은 끝내 바람이 잔 곳을 찾아왔다.

잎 필 때를

흔들려야 할 때를 알았듯

머물러야 할 곳을 알고 있었다.

마침내

떠날 때를 알고 있었다.

난 가질 것 다 가졌다

난 이제 필요한 것 없다.

산 밑 나지막한 시골집 하나 있고

햇살과 바람, 새들이 왔다 가고

뒤란 작은 상추밭이 있고

탱자나무 울타리에

참새 딱새들이 심심치 않게

가지를 흔들며 가고

철 따라 꽃 피고 지우며

밤마다 검은 하늘에 별을 거는,

그리운 네가 거기 훤하잖아.

그대처럼, 아파

밤사이 내린 비에

마당이 촉촉이 젖었다.

어제 심은 매화, 살구, 목단꽃이

좋아라 하겠다.

잘린 매화가지 몇 개

아침 화병에 꽂는다.

담 너머 산수유꽃

노란빛은 짙지 않아 좋다.

수선화도 얼추 컸고

수레국화 자란 마당,

푸른빛이 돈다.

오늘은 새 한 마리

못 오는 갑다.

가을은 빗속에 떠나고

봄은 빗속에 오더라.

먼 젖은 산이, 내내

올 수 없는

그대처럼, 아파.

다시 무겁게

어제는 아침 여덟 시 출발해

진안, 함양, 거창, 대구, 밀양, 양산, 김해, 창원,

산청을 돌아왔다. 여기저기 망가진 산하에

마음 아팠지만 봄이 오는 계절은 눈부셨다.

곧 푸름이 짙어올 것이다.

난 다시 엎드리고

작은 채 테라스 바닥에 메지를 넣을 것이다.

깨구락지 울고

봄비 촉촉이 내렸고, 내리고

여기저기 봄꽃들 솟는다.

크든 작든 이 땅에 살아 있다는 게

아름답지 않은가.

저 고운 봄 더럽히지 마라,

이제 사람들만 봄이면 된다.

흙은 언제나 수평을 꿈꾼다

오 톤 흙을 받아

마당 가득 쌓아놓고

텃밭과 화단 여기저기 흙 넣는다.

배고픔도 잊고

돌 쌓고 나무 밑동에 밥 준다.

나무 나에게 올 수 없으므로

밥 담아 너에게 간다.

종일 원 없이 밥 날랐다.

허리 아프지만

그동안 배고픈 나무들 배부르고

기운 화단이 수평을 잡는다.

오늘 밤 잠자리 편하겠다.

발목 깊고 따숩겠다.

평생 발목 힘으로 버티는, 나무

수직을 꿈꾸고, 흙

언제나 수평을 꿈꾼다.

불쑥

사람들은 불쑥 봄이 왔다 말한다.

세상일에 불쑥이 어디 있는가.

겨우내 언 땅을 뚫고 온 봄을,

나에게 온 너를,

쉬어가는 새들을 위해
나무는 눕지 않는다

세상

사람만큼 무서운 게 없다.

안 그런 척하지만

새들은 벌써 다 안다.

길 걷다

사람들 기척이면

아무리 작은 새들도 금세 도망간다.

그래도 새들은 마을 곁에 산다.

사람들을 포기하지 않는다.

인기척에 놀라

한 무리 참새 떼

또랑 건너 나뭇가지에 앉는다.

새들은 나무를 좋아한다.

새들이 사람들을 좋아할 때까지

쉬어가는 새들 위해

나무는 오늘도 눕지 않는다.

봄밤

달이 높다.

깊은 봄밤

달 아래 온 산천이 가지런하다.

서리 내려 소나무는 하얗고

하늘에 북두칠성 선명하다.

또랑 물소리 크렁크렁 흐르고

잔디는 얼지 않았는지 부드럽다.

좋다,

이런 적막하고 고요한 산중.

내가 깨어 외롭게 서 있다니.

이른 새벽 빗소리에 깼다.

지붕을 건너는 빗소리가 장맛비 같다.

다친 곳 하나 없는 산중 빗소리는 싱싱하다.

물 끓여놓고 쌀 씻어 앉혔다.

오늘은 굵은 멸치 몇 마리 넣고

아내가 좋아하는

김치 청국장을 끓여야지.

봄이 온다는데

우수, 손에 닿는 찬물이 시리지 않다.

따그락거리는 정갈한 고요.

어린 날 내가 듣던

살강에 그릇 포개는 소리.

아내도 살풋 잠결에 들었으면 좋겠다.

뒤안 밭에 나가 연이틀 땅 파고 돌 줍는다.

봄볕에 땀이 흐른다.

호미 끝 누런 황금 같은 돌들이 불쑥불쑥 솟는다.

옹골지다.

황금덩이야 주워 와도 금방 나가지만

돌은 버리기 전에는 나가지 않는다.

바람 불어도 끄떡없다. 누가 뭐래도

난 늘 변함없는 돌이 황금보다 좋다.

참말이다.

봄날

산촌에 내린 봄 햇살 따뜻하다. 오랜만에 맑은 햇살
아까워 이불 내다 널고 깐닥깐닥 썩은 낙엽 실어다
화단에 넣었다. 앞서거니 뒤서거니,
소양이 따르고
날아가는 물까치 입에
나뭇가지 물려 있다.
나도 부산하게 물어 나르며
설레던 시절 있었다.

봄

꽃대가 살풋 보이지,

봄은 오는 게 아니라 거기 있었어.

산그늘 내려 가지런히 마당을 덮는다. 산그늘이
아름다운 작은 집.

산 아래 내가 평생 꿈꾸며 그리던 집이다.

촌에 내려온 지 일곱 해가 지났다. 칠 년이 하루
하루 가슴 뛰는 날들이었다. 나는 어떤 의도나 목적
을 가지고 촌에 온 것이 아니다. 다시는 올 수 없는
세상일지라도 어린 날 내가 꿈꾸었던 고향, 늘 가슴
한쪽 묻어둔 가난했던 날들, 그 시절로 돌아가고 싶
었다. 자발적 가난 그런 사치스러운 말을 난 모른
다. 요즘 밥 못 먹는 가난은 없지 않은가. 누구나 부
자를 꿈꾸듯 가난을 꿈꿀 수도 있지 않은가.

촌놈

성심을 다해 일하고
밥 잘 먹고 잘 싸고
해지면 푹 잔다
그리하여 아침이 설레는 삶
그럼 되었다
촌놈은 움직여야 신간 편하다
나머지는 군더더기다

새벽이면 나는 새들보다 먼저 일어나 날이 새길
기다렸다. 한 번도 늦잠을 자거나 게으름 피워본 적
없다. 부지런하다고 다 좋은 것은 아니다. 하지만
난 천성이 그렇다. 산중의 싱싱한 아침은 날마다 눈

부시고 새로웠다. 아침을 기다리는 삶만큼 행복한 삶이 어디 있을까.

마당 깨진 시멘트 사이 채송화, 봉숭아 씨를 묻고 뒤란 개망초 우거진 빈터를 개간하기 시작했다. 골 깊은 산중이라 흙보다 돌이 더 많았다. 호미 끝에 닿는 한 줌 흙이 더없이 귀했다. 돌 하나 빠진 자리만큼 밭은 커지고 낮아지며 자릴 잡았다.

집 안을 치우고 무너진 돌들을 한곳에 모았다.

아침부터 저녁까지 지칠 줄 모르고 움직였다.

독한 약을 먹으면서도 내가 환자라는 사실도 잊었다.

날마다 호미 들고 뒤안 밭을 넓혀나갔다.

허리를 숙여야 호미 끝이 땅에 닿는 법.

햇살과 바람과 새소리 가득한 산 아래 내가 꿈꾸

던 가지런한 가난이 그림처럼 그려졌다. 난 기뻤고 눈물 났다. 밥 먹는 시간도 잊은 채 움직였다.

가난하고 싶어도 가난하지 않았고 외롭고 싶어도 외롭지 않았다. 해지면 일찍 자리에 들고 아침이면 마을 길을 산책하거나 앞산 길을 오르며 마을 사람들과 땅에 정들어 갔다. 몸 써 일한 노동으로 밥맛도 좋았고 잠도 달았다. 근 한 달 넘게 사람들을 볼 수 없어도 외롭지 않았다. 꽃을 심고 풀 뽑고 모은 돌로 평생소원이던 돌담도 쌓았다. 햇살과 바람이 놀다가는 돌담 아래 작은 꽃을 심고 마당에 나온 새들과 나비들, 철 따라 피고 지는 꽃만 보아도 배부르고 좋았다. 우리는 부자로 사는 법만 배웠지, 가난하게 사는 법을 배우지 못했다.

꽃 피고 꽃 지는 줄 모르고 살던 젊은 날이 있었다.

이제 사계절 피고 지는 들꽃 길을 걸으며 엎드려 산다. 바람 끝 따라 흩어진 낙엽 텃밭에 묻고 산벚꽃 버짐처럼 번지는 산 아래, 봄은 힘도 세지. 몸썰나게 날도 덥네, 여름 지나 첫눈 내릴 텃밭 비워놓고 오늘도 나는 높은 산 보며 낮게 사는 법을 배운다.

흘러가는 기쁨

초판 1쇄 발행 2024년 11월 11일

지은이 김용만

펴낸이 서재필

책임편집 김현서

펴낸곳 마인드빌딩

출판등록 2018년 1월 11일 제395-2018-000009호

이메일 mindbuilders@naver.com

달로와는 마인드빌딩의 문학 브랜드입니다.

ISBN 979-11-92886-61-9(03810)

- 책값은 뒤표지에 있습니다.
- 잘못된 책은 구입하신 곳에서 바꿔드립니다.
- 달로와에서 투고 원고를 기다리고 있습니다. 〈기쁨 시리즈〉로 출간을 원하시는 분께서는 mindbuilders@naver.com으로 기획 의도와 원고, 간단한 개요를 연락처와 함께 보내주시기를 바랍니다.